La vedette, c'est Moi!

Cathy Miyata

Texte français de François Renaud

Illustrati...

Susan G...

Les éditions Scholastic

Données de catalogage avant publication (Canada)

Miyata, Cathy, 1956–
   [Starring me!. Français]
   La vedette, c'est moi!

Traduction de : Starring me!
ISBN 0-590-24848-0

I. Renaud, François. II. Titre. III. Titre: Starring me! Français.

PS8576.I92S7214 2000   jC813'.54   C99-932308-3
PZ23.M57Ve 2000

Édition publiée par Les éditions Scholastic, 175 Hillmount Road, Markham, (Ontario) L6C 1Z7.

6 5 4 3 2 1   Imprimé au Canada   0 1 2 3 4 5/0

Tous mes remerciements à Sylvia McNicoll et Lynda Simmons pour leur merveilleuse générosité, de même qu'à Ashley Taylor pour ses conseils techniques en matière de théâtre professionnel pour enfants.

À ma mère, Elizabeth Aitken,
la personne qui m'a le plus inspirée

Chapitre 1

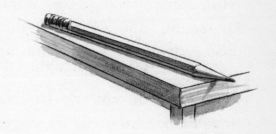

Tout le monde n'a d'yeux que pour moi!

*T*ap... *Tap... Tap...* M. Arnaud tambourine sur mon pupitre avec son crayon.

Dans la classe, les murmures habituels s'arrêtent, jusqu'à ce qu'on puisse entendre une mouche voler. Moi, je ravale péniblement ma salive. La dernière fois que M. Arnaud a tambouriné avec son crayon, il a obligé Guillaume Renaud à présenter des excuses à toute la classe parce qu'il avait dit de gros mots à la récréation.

Hon-oon... Quelqu'un aurait-il répété à M. Arnaud que j'avais traité Guillaume de bonasse ce matin? Est-ce que bonasse, c'est un gros mot?

Je regarde du côté de Guillaume. Sa longue frange blonde lui cache les yeux, mais j'aperçois ses dents. Il sourit comme un ourson de bande dessinée. Je le sens content que M. Arnaud soit en train de tambouriner sur mon pupitre. Moi, je serre les dents.

— Marion, debout, s'il te plaît, ordonne M. Arnaud.

Dans la classe de M. Arnaud, il faut toujours se mettre debout.

Je lève les yeux vers lui.

— Tu n'aurais pas quelque chose à dire à la classe? me demande-t-il doucement.

Je me lève. Les genoux tout mous, je jette un coup d'œil vers Mathilde, ma meilleure amie. Son visage est si rouge, qu'on dirait que ses tresses noires ont viré au bleu. Elle retient son souffle et ses joues sont gonflées, comme si elles contenaient des balles de ping-pong. Lorsqu'elle est nerveuse, Mathilde retient son souffle. Je devine qu'elle est nerveuse pour moi. Ses bajoues d'écureuil ont pour effet de me calmer.

— Marion?

Je lève les yeux vers M. Arnaud et j'ouvre la bouche, mais pas un son n'en sort.

M. Arnaud repousse ses lunettes sur le bout de son nez; un des ses yeux se ferme et s'ouvre aussitôt. Viendrait-il de me faire un clin d'œil?

— Tu n'as pas besoin d'être intimidée, Marion. Je suis convaincu que ça va intéresser tes camarades, dit M. Arnaud à voix basse. Ta mère a téléphoné, ce matin, et le directeur vient de m'annoncer la nouvelle, ajoute-t-il.

— Oh *ça*! dis-je, en criant presque.

Je me redresse et relève la tête. Tout le monde me regarde. Un petit frisson me remonte le long de l'épine dorsale, comme si quelqu'un avait pris une grande inspiration dans un congélateur avant de me souffler de l'air froid dans le dos.

Je regarde autour de la classe. Guillaume Renaud est tranquille; il attend, comme tout le monde. Le petit frisson redescend le long de mes bras. J'ai les doigts comme des glaçons.

C'est franchement génial. Tout le monde est pendu à mes lèvres et je n'ai pas encore dit un mot!

— Je... J'ai obtenu un rôle dans *Les Misérables*... Vous savez, la... Le truc musical... *Les Misérables*, au Théâtre de la ville... Avec, en vedette, Raynald Roy.

— Toi? s'écrie Guillaume. Avec Raynald Roy?

Je hoche la tête, en souriant.

— Wow! s'exclame Julia.

— Et tu vas vraiment le rencontrer?

— Est-ce que nous pouvons venir?

— Quand commences-tu?

— Est-ce que tu es payée?

— Allons-nous te voir à la télé?

— Es-tu une vedette?

— Attention! Une seule question à la fois, intervient M. Arnaud.

Partout dans la classe, des mains se lèvent.

— À toi de répondre, Marion. C'est ton spectacle.

Répondre aux questions? Mais ce n'est même pas la période forum!

Je regarde Mathilde qui sourit comme une vedette de cinéma. Mais ce n'est pas elle, la vedette; elle est simplement heureuse pour moi.

Mathilde aurait bien voulu jouer dans *Les Misérables* elle aussi, mais sa mère a refusé. Il y a quelques mois, le père de Mathilde a quitté la maison et sa mère vient de commencer à travailler à temps plein. Maintenant, Mathilde doit s'occuper de son petit frère et de sa petite sœur après l'école. Dommage. Elle aurait décroché un rôle, c'est certain. Il lui arrive de chanter en solo pour la chorale de l'église et elle est vraiment bonne. Aujourd'hui, nous aurions pu être toutes les deux ensemble, devant la classe.

Le pouce relevé, je fais un petit signe complice à Mathilde, puis je regarde les autres visages tournés vers moi, les yeux ronds et la bouche grande ouverte. La sensation de frisson augmente et remonte jusqu'à la racine de mes cheveux, avant de redescendre jusqu'au bout de mes orteils.

Je m'éloigne un peu de mon pupitre et pointe

d'abord en direction de Suzanne. Tout le monde aime bien Suzanne parce qu'elle a des chaussures Doc Martens. Elle porte un blouson jean, avec des brillants sur le col, qui appartient à sa grande sœur. Maintenant, c'est elle qui me pose des questions.

Je rejette mes cheveux vers l'arrière et je lui adresse mon plus beau sourire. Je m'imagine, avec mes cheveux courts, noirs et luisants, et mes dents brillantes, comme si j'étais sous les projecteurs sur une grande scène. La vedette, c'est moi!

Chapitre 2

Une vraie pièce de vrai théâtre

Quand je m'assois enfin, on m'applaudit à tout rompre. Et dire que je n'ai encore rien fait! À force de sourire autant, j'ai mal aux joues, mais peu importe.

— Maintenant, je crois que le moment est bien choisi pour vous annoncer ce que je voulais vous dire, reprend M. Arnaud, ramenant aussitôt le calme et le silence dans la classe. Nous allons monter une pièce de théâtre et tout le monde aura un rôle à jouer.

Quelques élèves accueillent la nouvelle en grognant, mais la plupart des filles se mettent à crier et à agiter les bras, comme les ados que l'on voit à la télé sur *Musique Plus*.

— Est-ce qu'on peut monter *Les Misérables?* s'écrie Julia.

— Non, dit M. Arnaud.

— Hooon! réagit la classe, en gémissant.

— Souvenez-vous que vous devez lever la main pour parler.

Julia fait la moue, et moi je souris une fois de plus. Tout le monde veut jouer dans ma pièce.

— Nous allons présenter *Le Magicien d'Oz*, annonce fièrement M. Arnaud.

— Hooon! gémit de nouveau tout le monde.

Tout le monde, sauf Mathilde. Aussitôt que M. Arnaud annonce le titre de la pièce, je me tourne vers elle. Elle tape des mains, les yeux brillants. Mathilde adore *Le Magicien d'Oz*. Elle en connaît toutes les chansons par cœur, et elle passe son temps à chanter *Au-delà de l'arc-en-ciel*. Moi, je trouve que c'est un film nul, mais, depuis qu'elle est toute petite, c'est le film favori de Mathilde.

Suzanne lève la main et M. Arnaud lui fait signe de parler.

— M. Arnaud, comme c'est un film, est-ce que nous pourrions faire un film aussi?

— Tu as raison, Suzanne, c'est un film. Mais nous n'allons pas faire un film, nous allons monter une pièce de théâtre. Et notre pièce sera bien différente du film, tu verras.

Le silence retombe sur la classe, et je devine que personne n'est content, comme s'ils ne voulaient pas monter l'histoire favorite de mon amie Mathilde. Je la regarde et je vois son sourire s'éteindre et ses mains retomber sur ses genoux. Je dois absolument faire quelque chose, et vite, avant que M. Arnaud ne change d'idée. Je lève la main.

M. Arnaud me sourit et, d'un signe de tête, m'invite à parler. Décidément, depuis que je suis une vedette, il m'aime beaucoup plus.

— Hier, M. Hoffmann... euh, c'est notre metteur en scène... Hier, M. Hoffmann a dit à toute la distribution que le *vrai théâtre* c'était beaucoup plus intéressant que le cinéma. Il dit que ça prend du *vrai* talent pour jouer dans une pièce. Et *Le Magicien d'Oz* est une vraie pièce; il nous a même dit qu'il l'avait déjà mise en scène, dis-je, en croisant les bras.

Je dois être convaincante, car je vois tous les élèves secouer la tête, en signe d'approbation.

À ce moment, Julia lève la main.

— Oui, Julia? dit M. Arnaud.

— Est-ce qu'il faut être très riche pour jouer dans une pièce, demande-t-elle, d'une voix toute fluette.

— Eh bien, pas particulièrement, répond M. Arnaud, en fronçant les sourcils, tout comme moi. Mais... Dis-moi, pourquoi poses-tu cette question?

— Parce que lorsque Marion parle de sa pièce, elle parle continuellement de la distribution... Est-ce que je devrai distribuer quelque chose moi aussi?

— Ooooh, Julia! s'exclament les autres.

— Allez, Marion, à toi d'expliquer, dit M. Arnaud, en se tournant vers moi avec un petit sourire en coin.

— La distribution, c'est le nom qu'on donne à tous ceux qui jouent les personnages dans la pièce, dis-je, en parlant bien fort et en articulant lentement.

Je regarde autour de la classe et je constate que certains élèves, y compris Mathilde, ont toujours l'air confus.

— Laissez faire, M. Arnaud, dis-je. Je leur expliquerai tout cela à la récréation.

Décidément, M. Arnaud et moi avons encore beaucoup de travail à faire. Pour que la pièce soit bonne, il va avoir besoin de moi, et le reste de la classe aussi, d'ailleurs.

— Très bien. Commençons tout de suite, dit M. Arnaud. J'ai choisi vos rôles pour que chacun de vous ait une chance de parler.

Je fronce les sourcils et secoue la tête. Devrais-je lui dire? Bien sûr que oui. Ce n'est pas ma faute s'il ne connaît rien au vrai théâtre. Une fois de plus, je lève la main.

Comme s'il venait de penser à quelque chose, M. Arnaud penche la tête sur le côté, puis, il se tourne vers moi et me fait signe de parler.

— Lorsque j'ai fait mes essais pour jouer dans *Les Misérables*, M. Hoffmann, le metteur en scène, nous a dit qu'il avait mis *beaucoup de soin* à choisir chacun des acteurs. Si nous voulons monter une vraie pièce, ne faudrait-il pas faire des essais, nous aussi?

— Ouais! s'écrient Suzanne et Rosie.

— Des essais! Des essais! Des essais! se mettent à scander les élèves de la classe.

— Du calme! Du calme! intervient M. Arnaud en agitant les mains. Je ne voulais pas passer beaucoup de temps de classe là-dessus, dit-il, en fronçant les sourcils et en serrant les lèvres. Je compte monter cette pièce en deux semaines.

Deux semaines! Ça ne me donnait pas beaucoup de temps pour les aider.

— C'est très bien comme ça! dis-je. Nous pouvons faire nos essais durant la récréation. Laissez-moi faire, M. Arnaud.

— Oui, laissez faire Marion! plaide Suzanne. Nous voulons une *vraie* pièce.

— S'il vous plaît! Dites oui... S'il vous plaît! supplient les filles autour de moi.

Je sens qu'elles ont davantage confiance en moi qu'en M. Arnaud. Jouer dans *Les Misérables* est vraiment la meilleure chose qui me soit arrivée dans la vie.

— D'accord, d'accord... Si c'est vraiment ce que vous voulez...

— Bravo! crie toute la classe, en chœur.

Je n'en reviens pas. Wow! Maintenant, je suis vraiment responsable!

— Oh non! s'exclame M. Arnaud. C'est presque l'heure de la récréation! dit-il, en jetant un coup d'œil à l'horloge suspendue au mur de la classe. Sortez vos cahiers! Mettez-vous en équipes et pratiquez votre épellation jusqu'à ce que la cloche sonne.

Au milieu du brouhaha provoqué par les chaises, j'entends tout le monde échanger des commentaires à propos de notre pièce.

Mathilde et moi sommes partenaires. Elle est excellente en épellation et ne se trompe jamais d'une lettre. Elle prétend qu'elle peut voir les mots dans sa tête. Ce n'est pas mon cas. Mais aujourd'hui je n'ai pas la tête à l'épellation, je ne pense qu'à notre pièce et à la récréation.

Mathilde fait glisser sa chaise à côté de la mienne, et nous nous cachons derrière nos cahiers de vocabulaire.

— Tu en sais déjà un bon bout sur le théâtre, me chuchote-t-elle. Nous ne devrions même pas pratiquer quand tu seras absente.

— Mais je n'ai pas l'intention de m'absenter, dis-je, en la regardant d'un air surpris.

— Mais oui! réplique Mathilde. Souviens-toi... un après-midi par semaine. Tu me l'as dit au téléphone, hier soir. Toutes tes pratiques des *Misérables* sont en soirée, sauf une... qui te vaudra un après-midi de congé par semaine.

— Oh oui, c'est vrai! dis-je. Je vais tout apprendre dans ma vraie pièce, et je reviendrai ici vous apprendre tout ce que je sais. Attends juste de voir les auditions!

— Marion, je suis certaine que ce sera super! répond Mathilde. Mais dis-moi... ajoute-t-elle, les joues rouges, en grignotant un de ses ongles.

— Dis-moi quoi?

— Qu'est-ce que c'est... les *zo-di-cions*?

— À la récréation, apporte un crayon et du papier, dis-je, en lui souriant. Tu seras mon assistante et je te dirai exactement ce qu'il faut faire!

Chapitre 3

Super zo-di-cions

— Au vrai théâtre, les essais, s'appellent des auditions... et c'est vraiment très important, dis-je, rendue dans la cour de récréation.

À ces mots, plusieurs élèves gonflent la poitrine et sourient à pleines dents. Nous nous tenons tous sur la pelouse, assez près du jeu de ballon captif pour que les joueurs rassemblés là puissent nous entendre.

J'ordonne aux élèves de ma classe de se mettre

en rang, sur une seule ligne. D'autres élèves s'approchent afin de voir ce qui se passe. Même l'institutrice qui surveille la récréation s'arrête pour nous regarder.

— Allez, Guillaume! Personne n'a envie de jouer dans une pièce de mauviettes. Tu es sensé garder le but! hurlent Michel et François, les jumeaux empoisonnants qui occupent le fond de ma classe.

En tête de file, Guillaume regarde, en enfonçant la pointe de sa chaussure de tennis dans la pelouse.

— J'en ai pour une minute, leur répond-il.

Les jumeaux haussent les épaules et détalent en courant. Moi, j'ai un petit sourire en coin.

— Pour quel rôle auditionnes-tu? lui dis-je, en prenant une voix grave.

Mathilde me regarde et se met à ricaner.

— Chut, lui dis-je, sévère. C'est sensé être très sérieux.

— Oh! réplique-t-elle, en acquiesçant d'un signe de tête.

Ensuite, elle se tourne vers Guillaume.

— Je veux être l'Épouvantail, répond-il.

Je m'assieds sur la pelouse, Mathilde à côté de moi, comme une bonne assistante.

— Inscris son nom, et ajoute Épouvantail, à côté, dis-je à Mathilde, qui se met à écrire.

— Alors que vas-tu nous interpréter, aujourd'hui? dis-je, en reprenant ma voix grave de metteure en scène.

— Quoi? demande Guillaume, en nous regardant d'un air bizarre.

— Tu sais bien, dis-je. Fais-nous quelque chose... Fais semblant de jouer dans un film, chante une chanson, trouve quelque chose pour que je puisse voir ce que tu vaux.

Dans la file, les élèves se mettent à murmurer.

— Silence! dis-je, en hurlant. Je ne supporterai aucune interruption dans ma salle de répétition!

Exactement comme M. Hoffmann, notre metteur en scène. La première fois qu'il a haussé le ton, j'ai presque fait pipi dans ma culotte. Maintenant, chacun se tient bien droit, sans un mot. Même les brins d'herbe ne bougent plus. Je suis assez fière de moi.

— Mais nous sommes dehors, dans la cour de récréation, me chuchote Mathilde.

— Je le sais, dis-je, sur un ton sec. Mais nous devons faire semblant.

Pendant une seconde, Mathilde me regarde bizarrement, puis elle baisse les yeux sur sa feuille de papier, les joues toutes rouges.

Curieux, des petits et même quelques élèves des classes supérieures se rassemblent autour de nous. Maintenant que j'ai un public, ça devient intéressant.

— Pas question que je chante une chanson idiote, dit Guillaume. Tout ce que je veux, c'est faire l'Épouvantail, marmonne-t-il, en fourrant les mains dans ses poches.

— Et pourquoi? dis-je.

— Parce que c'est lui que je préfère.

Je hoche la tête et me tourne vers Mathilde.

— Écris ça, lui dis-je.

Aussitôt, elle se remet à écrire.

Guillaume me regarde et se met à grogner. Moi, je le scrute de haut en bas et de bas en haut. Guillaume serait un parfait Épouvantail, il est maigre et complètement dégingandé. Jusqu'à ses cheveux qui sont plantés comme de la paille sur sa tête. Mais je ne le lui dirai pas, ce n'est pas ainsi qu'on fait.

— Eh bien, tu dois nous faire quelque chose, sinon tu ne pourras pas avoir le rôle. Montre-moi comment se comporte l'Épouvantail.

Guillaume soupire et lève ses bras en l'air. Il fait un pas dans notre direction quand, subitement, un de ses genoux fléchit, presque jusqu'au sol. Mais il se redresse tout aussi subitement et se met à tourner en rond, comme si ses os étaient faits de gélatine.

Tout le monde se met à rire et à applaudir. Quand Guillaume se met à se tortiller, comme s'il avait des fourmis dans son pantalon, son public se met à rigoler davantage. Celle qui rit le plus fort, c'est la surveillante.

—Tu es vraiment doué, Guillaume! l'encourage-t-elle de sa petite voix aiguë.

Mathilde laisse tomber ses papiers et se met à applaudir à son tour.

— Arrête ça! lui dis-je, les dents serrées. Il n'est

pas sensé savoir qu'il est bon.

— Oh! fait-elle, en ramassant ses papiers et en faisant semblant de se remettre à écrire.

— Très bien, Guillaume. Tu peux partir, j'en ai vu assez.

— Est-ce que j'ai le rôle ou non? demande Guillaume, les mains sur les hanches.

— Peut-être. Tu le sauras quand j'afficherai la liste des rôles.

— Quoi! hurle-t-il, hors de lui.

— Allez! Au revoir!

Guillaume donne un grand coup de pied dans le gazon, puis s'éloigne pesamment.

Moi, je souris. C'est bien la première fois que Guillaume m'obéit. Faire la metteure en scène, c'est presque mieux que de jouer dans la pièce.

Mathilde me regarde et se met à sourire.

— Tu es une bonne patronne, me chuchote-t-elle.

— Metteure en scène, dis-je, en la corrigeant. Au suivant!

Chapitre 4

Qui est la meilleure?

Maintenant, c'est au tour de Julia.

— Je veux jouer Dorothée, dit-elle, en levant la jambe et en virevoletant sur elle-même. Je veux porter des chaussures écarlates et faire fondre la vilaine sorcière de l'Ouest.

— Moi aussi, je veux être Dorothée! s'écrie Bénédicte, qui suit immédiatement Julia dans la file.

— Moi aussi! ajoute Rosie, la meilleure amie de Bénédicte.

— Eh bien, vous ne pourrez pas toutes jouer Dorothée! dis-je, en criant à tue-tête.

Mon ton a pour effet de ramener le silence. Quant à Bénédicte, elle est au bord des larmes.

— Euh, Marion..., intervient Mathilde.

— Qu'est-ce qu'il y a encore?

— La récréation est presque terminée.

— Oh misère! dis-je, en me prenant la tête à deux mains pour m'aider à réfléchir. Très bien, dis-je. Que toutes celles qui veulent jouer Dorothée se mettent en rond autour de moi.

Pratiquement toutes les filles qui sont dans la file se précipitent pour former un grand cercle, et Mathilde doit jouer du coude pour se trouver une place à côté de moi. Comme elle n'a pas ses papiers d'assistante, j'en déduis qu'elle veut jouer Dorothée elle aussi.

— Je vais vous montrer comment jouer Dorothée, dis-je, et vous allez faire comme moi.

Subitement, je claque dans mes mains et je fais semblant de pleurer.

— *Oh tante Em... Où es-tu? Où es-tu?* dis-je, en sanglotant, exactement comme dans le film que

24

j'ai vu un million de fois chez Mathilde.

— Alors, dis-je, en jetant un regard autour de moi. Qu'est-ce que vous attendez? Allez-y, refaites-le! dis-je, en criant.

Nerveusement, les filles tapent dans leurs mains et commencent à se lamenter. Un vrai concert de corneilles.

— Non, non, non et non! Vous devez me *convaincre* que vous êtes Dorothée! dis-je, de ma voix grave de metteur en scène.

Les filles se regardent les unes les autres, puis haussent les épaules.

— Tu devrais peut-être nous le refaire une autre fois, propose Suzanne.

— *Tante Em! Oh, tante Em, tu me manques tellement!* dis-je, en me jetant à genoux. Maintenant, refaites-moi ça, dis-je, en me relevant.

Toutes les filles se jettent à genoux et se mettent à gémir, en faisant davantage de bruit.

— Ouach! Je n'arrive pas à le sentir! dis-je.

Elles se regardent, puis se relèvent. Julia courbe les épaules et, encore une fois, Bénédicte a les larmes aux yeux.

Je ne fais pourtant que répéter ce que M. Hoffmann nous a dit, me dis-je, en poussant un long soupir. Mais ici, à l'école, on dirait que ça ne marche pas.

— Marion, intervient Suzanne. Je crois que personne ici ne peut jouer aussi bien que toi. Après tout, tu joues dans *Les Misérables*.

— C'est vrai, lui dis-je.

— Tu devrais peut-être jouer *toi-même* le rôle de Dorothée.

— Ouais, acquiescent Bénédicte et Rosie.

Je souris. Je m'imagine déjà sur la scène du gymnase avec tout le monde en train de m'applaudir. Je serai la vedette de l'école.

— Mais Mathilde ressemble à Dorothée, ajoute Julia. C'est peut-être Mathilde qui devrait jouer Dorothée.

Je regarde Mathilde. Avec ses longs cheveux noirs séparés en deux tresses et sa robe vichy bleu et blanc identique à celle de Dorothée, elle a vraiment des allures du personnage. Et je sais également qu'elle chante très bien.

Tandis que je la regarde, Mathilde écarquille les

yeux et gonfle les joues. Elle retient son souffle, comme à chaque fois qu'elle est excitée. Je devine qu'elle espère obtenir le rôle.

Je fronce les sourcils. Mathilde est bonne, mais elle ne saurait être aussi bonne que moi. Et notre spectacle se doit d'être à son meilleur.

— Tu as raison Suzanne, dis-je, en me tournant vers elle. Je dois le faire, je serai Dorothée. Après tout, je suis dans *Les Misérables*, non?

Sur ces entrefaites, la cloche sonne et toute la bande se met à courir vers la porte, mais je cours plus vite que tout le monde. Je me sens toute drôle à l'idée de regarder Mathilde en face. Mais, elle va comprendre... du moins je le souhaite.

Chapitre 5

Je vais vous montrer

— **H**ier soir, à la répétition... dis-je, souriant.

Toutes les filles de la classe sont assises sur le tapis, juste devant moi, attentives et pendues à mes lèvres. Maintenant, pour la période forum, je n'ai plus besoin d'apporter d'objet, il me suffit de parler.

— ... Raynald Roy m'a parlé.

— Le *vrai* Raynald Roy?

— Wow!

— Il est tellement mignon!

— Est-ce que je pourrai avoir son autographe?

— Mesdemoiselles! intervient M. Arnaud. S'il vous plaît, levez vos mains avant de parler.

J'adore lorsqu'elles oublient de lever la main. C'est signe qu'elles sont excitées.

C'était la même chose, hier, lors des auditions. Les choses se sont vraiment bien déroulées. À la récréation du matin, comme à celle du dîner et de l'après-midi, les élèves n'ont pas cessé de m'entourer. Le directeur m'a même félicitée, lors des annonces de ce matin!

Suzanne lève la main, et je pointe mon doigt vers elle.

— Alors, qu'est-ce qu'il t'a dit, Raynald Roy?

— Il m'a dit, dis-je, en regardant les visages tendus vers moi. Il m'a dit... que j'étais super.

— Vraiment?

— Wow!

Encore une fois, elles se mettent toutes à parler en même temps. Mathilde, elle, se contente de me regarder fixement. Je me demande bien ce que je vais leur dire demain.

Quand je me rassois, Mathilde se penche vers moi et me murmure à l'oreille :

— Tu m'as dit qu'il avait dit ça à tous les membres du chœur!

Je joins les mains et je me tourne vers elle.

— Et alors? C'est la même chose. Je fais partie du chœur, non? Donc, c'est à moi qu'il parlait, dis-je, en chuchotant et en la regardant avec de gros yeux.

Mathilde plisse les paupières jusqu'à ce que ses yeux ne soient plus que de minces fentes, puis elle serre les lèvres si fort qu'elles deviennent blanches. Mais elle ne réplique pas. Moi, je regarde le tapis, en me demandant comment je vais me sortir de ce faux pas.

— Mathilde, dis-je, en me penchant vers elle, en évitant de la regarder. Tu vas faire un excellent Grignotin, mais je crois que tu peux tenir un meilleur rôle. Accepterais-tu d'être ma doublure? Si jamais je suis malade, je veux que ce soit toi qui joues Dorothée, dis-je, en osant finalement lever les yeux vers elle.

Mathilde a l'air moins en colère. Je crois même

qu'elle fait un semblant de sourire, avant d'accepter d'un signe de tête. À mon tour, je lui renvoie un sourire gêné, mais mon estomac est tout noué, comme si je venais de faire quelque chose de vraiment pas bien.

* * *

Après le dîner, M. Arnaud annonce qu'il est temps de commencer à pratiquer notre pièce.

— Répéter, dis-je, en le corrigeant.

Il acquiesce d'un signe de tête, mais sans sourire.

À la file, nous le suivons en direction du gymnase et je remarque qu'il porte un cahier à pince avec ma liste de distribution bien en évidence. C'est mon nom qui apparaît en premier, à côté de celui de Dorothée. M. Arnaud a préparé des copies du scénario pour tout le monde. J'ai l'impression d'être vraiment dans le monde du théâtre.

— Commençons au début de la pièce, annonce M. Arnaud, en distribuant les textes aux élèves assis en cercle sur le plancher.

Guillaume Renaud va jouer l'Épouvantail,

Suzanne sera la gentille sorcière, et Bénédicte la méchante sorcière. Michel et François, de même que quelques garçons, ont accepté d'être les Singes Volants de la méchante sorcière, à la condition qu'on les laisse faire les vilains. Ils ont eu l'idée de dévorer Toto, le chien de Dorothée, mais j'ai dit non. Même si ce n'est qu'un chien de peluche, c'est franchement trop vilain. Je me suis entendue avec eux pour demander à M. Arnaud leur permettre d'être un peu méchants.

La plupart des élèves vont jouer les Grignotins.

— Dorothée, Tante Em, Toto et l'Oncle Henri peuvent monter sur scène, dit M. Arnaud.

— *Non*! dis-je, en hurlant presque.

Tout le monde me regarde.

— Qu'est-ce qui se passe? demande M. Arnaud, l'air mécontent.

— Nous devons d'abord réchauffer nos voix, dis-je, en provoquant des ricanements chez quelques élèves.

M. Arnaud passe sa tablette d'une main à l'autre, puis glisse ses lunettes sur le bout de son nez.

— Marion... Nous ne sommes pas en train de monter une pièce comme *Les Misérables*. Nous n'avons pas à faire tout ce que...

— Mais vous ne comprenez pas! M. Hoffmann dit qu'on doit toujours faire attention aux acteurs, même dans les pièces qu'on joue à l'école. Il dit qu'il connaît un tas de jeunes qui n'ont plus de voix à cause du manque de précaution de certains idiots de metteurs en scène.

Sans trop comprendre pourquoi, j'entends des élèves pouffer de rire. Quand je me rends compte de ce que je viens de dire, je ravale ma salive et je regarde le bout de mes chaussures.

Je n'avais vraiment pas l'intention de traiter M. Arnaud d'idiot!

Pendant un moment, on n'entend plus que le bourdonnement des lampes du grand gymnase. Puis j'entends un ricanement qui ressemble à celui de Guillaume.

— Honnêtement, M. Arnaud, dis-je, en relevant la tête, c'est ce qu'a dit notre metteur en scène. C'est dangereux de ne pas s'échauffer la voix.

M. Arnaud tient sa tablette serrée sur sa

poitrine, en jetant un regard circulaire sur les élèves assis par terre. Quelques-unes des filles ont porté la main à leur gorge, comme si elle craignaient que leurs voix ne disparaissent.

— D'accord, Marion, dit M. Arnaud. Tu devrais peut-être nous montrer comment réchauffer nos voix.

— Tout le monde debout, dis-je, en souriant.

Lentement, tout le monde se remet sur pieds, tandis que M. Arnaud marche jusqu'au mur pour s'y appuyer.

— Ouvrez grand la bouche. Allez, plus grand... Étirez-moi ça! Maintenant, fermez.

Avant que je leur montre un deuxième exercice, tout le monde répète le premier à plusieurs reprises.

— Maintenant, dis-je, faites semblant de mâcher de la gomme.

— Qu'est-ce que ces simagrées ont à voir avec notre voix? gémit Guillaume.

— Maintenant, dites AHHH... en expirant le plus lentement possible, dis-je, en leur donnant l'exemple. AHHHHHHHHHH...

Quelques élèves se mettent à s'agiter et à faire des grimaces.

— Ça suffit! dis-je, en criant.

Le calme se fait et M. Arnaud revient vers nous.

— Tu as très bien fait ça, Marion, dit-il.

— Merci, dis-je, en souriant, convaincue que j'avais fait beaucoup mieux que ce qu'il aurait pu faire lui-même.

Subitement, une des grandes portes du gymnase pivote sur ses gonds, et la bibliothécaire, madame Larouche, entre en coup de vent. Toujours pressée, elle me fait penser à une poule à longues plumes.

Elle traverse le gymnase le nez en l'air. Elle s'arrête à courte distance de notre groupe et, d'un geste de la main, fait signe à M. Arnaud de venir la rejoindre. Elle parle à voix basse, mais on devine qu'elle est préoccupée par quelque chose.

Sachant que Mme Larouche n'a jamais de bonnes nouvelles à annoncer, je soupire et jette un coup d'œil à Mathilde qui soupire à son tour et jette un coup d'œil au plafond.

— Qu'est-ce qui se passe encore? dis-je.

Chapitre 6

Prise de pouvoir

— **M**aintenant? résonne la voix de M. Arnaud, portée par l'écho du gymnase.

La tête de Mme Larouche dodeline sur son cou, et le débit de sa voix s'accélère.

— Combien de jours? demande M. Arnaud, d'une voix encore plus forte.

Contrarié, il hoche la tête de gauche à droite, avant de revenir vers nous d'un pas lent.

— Bon... Écoutez-moi. Ce matin, je dois assister

à une réunion... et il en sera ainsi pour la plupart des matinées de la semaine. Pas de *Magicien d'Oz* pour aujourd'hui. Mme Larouche va vous raccompagner en classe.

— Et notre répétition, dis-je, en gémissant.

— Nos voix sont réchauffées, geint Suzanne.

— Une pièce? glousse Mme Larouche. Comme c'est charmant! Quand j'enseignais à la maternelle, nous avons monté beaucoup de petites saynètes.

Tous les élèves de la classe échangent des regards nerveux et inquiets.

— Oh! Mais je dois admettre que je n'ai jamais dirigé quelque chose d'aussi ambitieux que *Le Magicien d'Oz!* Je devrais aller chercher mon diapason! ajoute-t-elle, d'une voix si aiguë, que je crains que les grosses ampoules du gymnase n'éclatent en miettes.

Saynète? Maternelle? Diapason? Madame Larouche, metteur en scène?

Je ravale ma salive en faisant beaucoup de bruit. Elle va s'arranger pour que la vilaine sorcière inonde le public de baisers et que les affreux

Singes Volants portent de mignons nœuds papillon. Oh non! me dis-je, en fermant les yeux. Notre pièce est à l'eau.

Quelques filles se mettent à soupirer, et j'entends les jumeaux qui marmonnent et gigotent sérieusement. Maintenant, c'est certain, ils vont quitter la distribution.

—Euh... Humm, fait M. Arnaud, pour s'éclaircir la voix.

Seul le bourdonnement des lumières perturbe le lourd silence.

— Merci beaucoup Mme Larouche, j'aurai besoin de vous pour surveiller, dit-il, d'une voix traînante, mais je crois que nous avons déjà un metteur en scène.

Je jette un coup d'œil de travers en direction de Mathilde qui, elle aussi, me regarde en haussant les épaules. Quelle idée M. Arnaud peut-il avoir derrière la tête?

Je lève les yeux vers lui et je me rends compte qu'il a le regard posé sur moi.

—Marion Godbout sera notre metteur en scène, dit-il. Elle connaît bien le théâtre, ajoute-t-il, en me présentant sa tablette.

Le souffle coupé, les yeux écarquillés, je tends les bras et il me glisse la tablette dans les mains tout en se penchant vers moi.

— Je vous souhaite d'avoir une bonne... *répétition*, me souffle-t-il, avant de faire demi-tour pour disparaître derrière la porte.

Je ramasse mon scénario et je le glisse sous la grosse pince de la tablette.

— Tante Em, Oncle Henri, Toto, Dorothée, sur scène, dis-je, d'une voix puissante.

— Mais tu fais Dorothée! Tu ne peux pas être metteure en scène et Dorothée en même temps! s'écrie Guillaume.

— Eh bien oui! Puisque Mathilde est ma doublure. Durant les répétitions, c'est elle qui jouera Dorothée.

Mathilde pousse un petit cri, attrape son scénario et se rue sur scène. Les élèves qui jouent dans le premier acte la suivent, en courant.

— Les autres, vous vous assoyez par terre.

Ils restent plantés là, comme s'ils n'étaient pas certains d'avoir à m'obéir.

— TOUT DE SUITE! dis-je, en hurlant, les faisant déguerpir comme une volée d'oies.

— Oh là là! murmure Mme Larouche.

Je regarde derrière moi et j'aperçois M. Arnaud qui nous surveille, depuis la porte du gymnase. Il reste là quelques secondes, le regard fixe. Il ouvre la bouche, comme s'il voulait dire quelque chose, puis se ravise. Ses doigts se mettent à tambouriner sur le cadre de la porte, comme s'il hésitait à partir. Oh non, il ne va pas changer d'idée! Finalement, il lève le pouce, en signe d'encouragement, puis disparaît dans le corridor, tandis que la porte se referme derrière lui.

Je serre la tablette dans mes bras, puis je me tourne et regarde tout mon monde en train de se mettre en place. Cette pièce va être superbe. Maintenant, à moi de jouer!

Chapitre 7

La mise en place

— **D**éplacez-vous côté jardin! dis-je, en répétant pour la deuxième fois.

Guillaume regarde autour de lui, tandis que les autres restent plantés sur place.

— Par là, de ce côté, dis-je, en soupirant et en pointant vers la gauche de la scène.

— Pourquoi ne parles-tu pas comme tout le monde? demande Guillaume, agacé.

— Parce que dans ce cas, ça ne serait plus du *vrai* théâtre, non?

J'ai dû apprendre tous ces trucs pour jouer dans *Les Misérables*, et maintenant, c'est à leur tour d'apprendre. J'allais être aussi bon metteur en scène que M. Hoffmann.

— Tu finiras par comprendre, dis-je à Guillaume, en roulant mes yeux comme M. Hoffmann.

Ensuite, je me laisse tomber dans ma chaise de metteure en scène, installée en plein centre du gymnase. Comme ça, j'ai une vue générale sur toute la scène, de même que sur les élèves qui attendent leur tour.

Guillaume se déplace du côté jardin, en donnant des coups avec ses chaussures de tennis sur le plancher. Je pousse un long soupir, assez fort pour qu'il puisse l'entendre.

Nous répétons durant presque une heure. Beaucoup plus longtemps que ce que j'avais prévu. Mme Larouche n'a pas à intervenir. J'indique à chacun les différents déplacements qu'ils auront à faire sur scène, en leur expliquant que cela s'appelle une « mise en place ». Je leur précise également qu'ils ne sont pas autorisés à aller ailleurs que là où je leur dis d'aller.

Je corrige tout ce qu'ils font de travers, et je suis étonnée de voir à quel point, depuis ma chaise, je remarque les détails.

— Suzanne! dis-je, d'un ton autoritaire. Quand on est sur scène, on ne discute pas avec ses voisins!

— Guillaume, ne met pas ton doigt dans ton nez!

— Julia! Ne joue pas avec tes cheveux lorsque la vilaine sorcière parle!

— Guillaume, arrête de te nettoyer les oreilles!

— Bénédicte! Parle plus fort!

— Guillaume, cesse de tirer ton pantalon!

— Moins d'agitation et plus de concentration! dis-je, en criant à tue-tête.

À la fin de la répétition, la plupart des filles n'osent plus bouger, ce qui est bien. Ma seule déception me vient de Guillaume. Au fur et à mesure que je le corrige, il devient de moins en moins drôle. Il continue de gigoter, mais il a perdu de son élasticité et de sa drôlerie. Tant pis, il trouvera bien le moyen de redevenir comique

avant la fin des répétitions. C'est comme ça que
M. Hoffmann voit les choses.

Quand Mme Larouche demande à tout le
monde de quitter la scène, je leur dis de venir
former un demi-cercle autour de ma chaise.

— Mais pourquoi? demande Mme Larouche. Il
est temps de retourner en classe.

— Mais nous n'avons pas encore eu le temps de
faire les notes! dis-je, en protestant.

— Oh, oui. Bien sûr, marmonne-t-elle, en
reculant de quelques pas.

— Les notes de scène, dis-je, en expliquant, c'est
lorsque le metteur en scène vous dit comment
s'est passée la répétition.

Certains acquiescent de la tête, en soupirant,
mais tout le monde s'approche. Je remarque que
même Mme Larouche prête l'oreille.

Avec mon crayon, je tambourine sur ma tablette
puis, je me frotte le menton. Un lourd silence
descend sur la classe.

— Ceci, dis-je, était une mauvaise répétition.

Pas un mot. Tout le monde a l'air déçu.

— Vous allez devoir travailler fort... En

particulier les Grignotins, dis-je.

Je n'entends que le frottement des pieds sur le plancher, puis une toux.

— Vous n'aviez pas l'air de savoir ce que vous faisiez là!

Quelques gars pouffent de rire.

— Et vous, les Singes Volants... dis-je, en me retournant vers eux.

Aussitôt, les garçons redeviennent silencieux.

— Vous feriez bien de vous concentrer. Vous n'aviez pas l'air effrayants du tout.

Quelques Grignotins tirent la langue aux Singes, et quelques Singes font des grimaces aux Grignotins. Quant à Mme Larouche, elle arrive à tenir sa langue.

Je réfléchis quelques secondes. Ai-je tout dit ce que j'avais à dire? Ah oui...

—Nous travaillerons plus fort demain. Rompez!

— Wow! s'exclame Mathilde, quand nous quittons le gymnase. Tu sais vraiment ce que tu fais!

Je lui fais mon plus beau sourire, tandis que d'autres filles viennent nous entourer.

— Tu as fais ça tellement... tellement... Suzanne hésite sur les mots, comme si elle ne savait pas comment traduire sa pensée.

— Tellement *vrai*? dis-je, en complétant la phrase pour elle.

— Exactement. Je vais demander à ma mère de venir voir ça.

— Moi aussi, répètent les filles, en chœur.

— Je vais inviter mon père, annonce fièrement Mathilde.

Mon sourire se fige. Pauvre Mathilde. Son père lui manque vraiment. Je souhaite pour elle qu'il viendra, mais j'en doute. Il promet toujours de venir lui rendre visite, mais Mathilde ne l'a pas vu depuis un mois.

Sur ces entrefaites, Mme Larouche s'approche de notre groupe.

— Vous ne croyez pas que vous prenez ça un peu trop au sérieux pour une pièce de classe? demande-t-elle, en regardant successivement chaque fille, jusqu'à ce que son regard se pose finalement sur moi.

— Marion nous montre vraiment de la bonne

manière, intervient Mathilde, tandis que les autres approuvent, en hochant la tête de haut en bas.

— Nous voulons que ce soit exactement comme dans *Les Misérables*, affirme Julia.

— Oh... fait Mme Larouche, en marquant une longue pause. Dans ma classe, quand je montais une pièce, nous avions toujours beaucoup de plaisir.

Pendant quelques secondes, tout le monde frétille, mais personne ne me regarde.

Je renifle. Des saynètes de maternelle!

— Le théâtre, c'est quelque chose de sérieux, dis-je, en répondant à Mme Larouche de ma plus belle voix de metteur en scène.

Elle baisse ses lunettes et me regarde, sans toutefois rien ajouter.

Moi, je sais ce que c'est que de jouer dans une *vraie* pièce de théâtre. Et j'ai bien l'intention de le prouver à tout le monde.

Chapitre 8

Faut savoir endurer

Je devine que c'est avec envie que Mathilde me regarde tripoter la gomme à effacer qu'on a donnée à tous les choristes des *Misérables*. Moi, j'ai plutôt envie de la laisser tomber par terre et de la piétiner.

Hier soir, M. Hoffmann m'a disputée parce que j'avais agité la mauvaise main à la fin d'une chanson. J'entends encore sa voix hurler mon nom devant tout le monde et j'ai l'estomac noué.

— Les metteurs en scène sont des monstres! dis-je, en laissant éclater ma frustration.

— Il me semble que c'est normal, non? répond Mathilde, surprise par ma remarque.

Je me mords les lèvres. Puis-je lui dire que je déteste M. Hoffmann et que je n'ai plus envie de retourner aux répétitions des *Misérables?* Si elle allait répéter ça aux autres.

— Tu as raison, c'est normal qu'ils soient des monstres, lui dis-je. La responsable des costumes dit que M. Hoffmann est extrêmement exigeant et c'est ce qui en fait un excellent metteur en scène. Elle a dit aux enfants du chœur que si nous voulions jouer dans un *vrai* spectacle, il nous fallait apprendre à endurer.

Je ravale ma salive, en me disant que j'allais savoir endurer.

— Est-ce que tu t'amuses quand même un peu? demande Mathilde, à voix basse.

Je réfléchis une seconde avant de répondre avec un hochement de tête.

— Le plaisir ne fait pas partie du boulot, dis-je, en écrasant ma gomme à effacer sur mon pupitre.

— Ah, fait-elle, l'air triste.

Mon estomac se noue un peu plus. Si seulement je pouvais lui dire la vérité!

— Au-di-tion, dit Mathilde, en soupirant.

Durant une fraction de seconde, je la regarde. Ah oui, nos exercices d'épellation!

— A, U... dis-je, et elle approuve d'un signe de tête.

— D, I... dis-je, en continuant.

Elle hoche encore la tête, tandis que je me mords la lèvre inférieure, en cherchant la suite. Cette semaine, nous avons choisi nos mots de vocabulaire en fonction de notre activité théâtrale et je commence à me dire que ce n'est pas une si bonne idée. Je sais comment diriger une audition, mais je ne sais pas l'épeler.

— S, I, O, N? dis-je, en terminant.

— T... rectifie Mathilde. T, I, O, N.

Mathilde est très forte, et pas seulement en épellation. Elle connaît le scénario de notre pièce par cœur et je suis certaine qu'elle pourrait le réciter en commençant par la fin. Lorsque quelqu'un hésite sur une phrase, c'est elle qui lui souffle la réplique. Mathilde est presque aussi bonne comédienne que moi.

Depuis une semaine, nous répétons notre pièce et les choses vont vraiment bien. À certains moments, Mme Larouche essaye d'intervenir, mais elle utilise toujours les mauvais mots. Quand je la corrige, elle devient silencieuse et roule de grands yeux ronds, comme si elle allait pondre un œuf. C'est vraiment rigolo.

Quand M. Arnaud revient de ses réunions, il me laisse continuer à faire la mise en scène. Maintenant, il dit qu'il est le producteur, mais je ne sais pas ce que ça veut dire. Quand ma mère m'a expliqué que le producteur était la personne qui investit l'argent dans la production, j'ai été très surprise. Je n'aurais jamais deviné qu'il était riche.

Soudain, la voix de la secrétaire retentit dans le haut-parleur du système d'intercom.

— Attention, s'il vous plaît! Marion Godbout est priée de se présenter à mon bureau immédiatement...

— Hon! Hon! réplique Guillaume, pour m'agacer, aussitôt imité par d'autres garçons.

Quand j'aperçois Guillaume, serrer la main d'un des jumeaux, je lui fais une grimace.

Je n'ai rien à craindre, je sais exactement pourquoi on m'appelle. Ma mère doit venir me chercher avant le dîner pour m'accompagner au premier essayage de mon costume des *Misérables*.

— Dis bonjour à Raynald Roy! lance Suzanne.

— Au revoir, Marion! font la plupart des filles de la classe.

Elles ont l'air d'être vraiment contentes pour moi, mais Mathilde, elle, me regarde droit dans les yeux, l'air tendu.

— Bonne chance, me souffle-t-elle.

* * *

L'essayage prend une éternité et les gens de l'atelier des costumes sont grognons et brusques. On me tortille dans tous les sens pour me faire entrer dans un chemisier trop serré et une jupe orange, rugueuse comme un sac de jute. Je proteste auprès de l'habilleuse qui, à son tour, va se plaindre de moi auprès de M. Hoffmann.

Quand nous défilons sur scène, afin que la directrice artistique et le metteur en scène puissent juger de l'effet, je pousse un grand cri. L'habilleuse a oublié une épingle dans ma jupe et elle m'a piquée. Bien sûr, ce n'est pas elle qui se fait gronder, c'est moi. J'ai juste envie de pleurer.

Tout ça prend tellement de temps, que ma mère ne peut pas m'emmener au restaurant. Elle doit retourner à son travail.

Dans l'auto, maman me fait remarquer que je n'ai pas l'air très heureuse de ma répétition.

— Tu sais, tu n'es pas obligée de jouer dans *Les Misérables*, me dit-elle, en me tendant un morceau de fromage et une banane molle. Si tu n'as pas de plaisir, tu peux laisser tomber.

Laisser tomber? Si je laisse tomber, plus personne ne va me prendre au sérieux et je ne pourrai plus faire la mise en scène de notre pièce. Ce n'est pas drôle de jouer dans *Les Misérables*, mais je ne peux pas laisser tomber. Impossible.

— Non, dis-je, en prenant un air détaché. Tout va vraiment très bien.

Ensuite, je me cale dans la banquette et, tout en regardant dehors, je m'amuse distraitement à faire une boulette orange avec mon fromage.

Chapitre 9

Bonne deuxième

Quand je regagne enfin ma classe, le local est désert.

— Mais où êtes-vous passés? dis-je, en m'adressant aux pupitres vides.

Subitement, je devine.

Je remonte le corridor à grandes enjambées. Avant même d'arriver devant la porte du gymnase, je peux les entendre rire. Durant mes répétitions, personne ne riait. Je ne tolérais pas ça.

Je serre les dents. Ils ne sont pas sensés répéter quand je ne suis pas à l'école. Juste au moment où je m'apprête à ouvrir la porte, j'entends M. Arnaud prononcer mon nom. Je m'immobilise et j'écoute.

— Superbe! s'exclame M. Arnaud, en applaudissant. Je vais dire à Marion de le faire ainsi. C'est tout simplement ravissant!

Ensuite, j'entends les élèves crier en chœur :

— Refais-le! Refais-le!

Mais qui acclament-ils comme ça? me dis-je, en serrant la poignée de toutes mes forces. Qui peut bien être meilleure que moi? J'entrouvre la porte et regarde dans l'entrebâillement. Presque toute la classe est sur scène et entoure Mathilde, debout en plein centre, les joues toutes rouges, comme si elle allait prendre feu.

Mathilde? me dis-je.

— Non, non, non... On continue! ordonne M. Arnaud. Allez, Mathilde, chante.

Je retiens mon souffle et entrouvre la porte davantage.

Mathilde fait deux pas vers l'avant-scène et,

subitement, tout le monde se tait. Elle ferme les yeux, puis se met à chanter, en ouvrant les bras, comme si elle voulait saisir le monde entier. Sa voix résonne dans le gymnase et, lentement, l'immense salle s'emplit de son chant. Au milieu du groupe, Mathilde brille, comme si elle était seule sur scène. J'en ai l'estomac chaviré.

Plutôt que de rester immobile, comme j'ai l'habitude de le faire, elle se déplace, sans cesser de chanter une seconde. Ensuite, avec la légèreté de quelqu'un qui flotte sur un nuage, elle vient s'appuyer sur la balustrade qui borde la scène et regarde vers le ciel, comme si elle apercevait réellement un arc-en-ciel.

Qui t'a dit de faire ça? ai-je envie de hurler, l'estomac lourd et tendu.

Tous les élèves regardent Mathilde, comme s'il s'agissait d'une apparition magique. Je jette un coup d'œil à M. Arnaud. Un large sourire éclaire son visage. Un sourire comme je n'en ai jamais vu. Il ne sourit jamais comme ça lorsque c'est moi qui chante.

Je tire sur la porte de toutes mes forces avant de

la refermer violemment derrière moi. Le bruit sourd se répercute dans tout le gymnase.

Mathilde jette un coup d'œil vers la porte, et m'aperçoit, les mains plantées sur les hanches, un regard noir vissé sur elle.

Lentement, le son de sa voix s'éteint et un lourd silence envahit le gymnase.

Chapitre 10

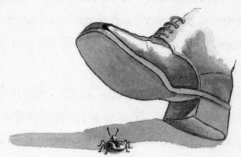

Une *vraie* metteure en scène

— **O**h, Marion! lance M. Arnaud, en se tournant vers moi. Nous étions en train de...

— De répéter, dis-je, en l'interrompant.

— Eh oui, dit-il, en fronçant les sourcils.

— Ils ne respectent pas ma mise en place, dis-je, en montrant les élèves sur scène.

Ceux assis sur le plancher se contorsionnent et se tournent pour me regarder.

M. Arnaud écarquille les yeux et entrouvre les lèvres, mais pas un mot ne sort de sa bouche. Je sens que tout le monde a les yeux rivés sur moi et j'ai le visage en feu.

— Guillaume! dis-je, en criant. Je t'ai vu! Encore une fois, tu tirais sur tes pantalons! Demande donc à ta mère de t'acheter des caleçons pour la prochaine répétition!

— Marion! intervient M. Arnaud, d'un ton sévère.

Je fais mine de ne pas l'entendre.

— Suzanne! Tu as encore réussi à oublier une phrase de ton texte! Depuis le temps, tu devrais pourtant le savoir par cœur! Retourne chez toi et travaille, sinon...

Même si je sens M. Arnaud s'approcher de moi, je fais mine de rien et me mets à fixer Mathilde d'un œil sévère.

— Et toi, Mathilde, dis-je, en parlant de plus en plus fort. Tu n'as RIEN FAIT COR-REC-TE-MENT!

Plus personne ne bouge, sauf Mathilde qui ramène ses mains devant elle et baisse les yeux.

Debout au milieu de la scène, j'ai l'impression qu'elle est en train de rétrécir.

— Marion Godbout! s'écrie M. Arnaud. Ça suffit! J'en ai plus qu'assez!

Je me retourne et me retrouve face-à-face avec lui. Il a le visage pâle comme un drap et les yeux brillants, comme des phares de voiture. J'avais déjà vu M. Arnaud en colère auparavant, mais jamais comme ça. C'est la première fois qu'il hausse le ton pour parler à un élève, et c'est à moi que ça arrive.

Tous les élèves sont figés comme des statues.

— Marion, je te retire la responsabilité de la mise en scène, dit M. Arnaud, d'une voix froide comme de l'acier.

Mon estomac se serre et mes yeux se mettent à piquer. Sur scène, j'entends quelqu'un applaudir. Je sens que je vais me mettre à pleurer. Je serre les dents et je regarde le bout de mes pieds, pour cacher mon visage.

— M. Arnaud...

Mathilde s'est avancée jusqu'au bord de la scène, bien droite et toute calme.

— Ce que dit Marion est exact. Je ne respectais pas ses indications, continue Mathilde, en me jetant un regard à la fois triste et dur. Marion essaie seulement d'être une excellente metteure en scène, et je sais endurer.

Ma vue se brouille et je n'arrive plus à la voir. Une excellente metteure en scène? Moi? Alors, je comprends. Je me comporte exactement comme M. Hoffmann.

Chapitre 11

Période forum

— Période forum! annonce M. Arnaud, à la première heure, lundi matin.

Tout le monde se bouscule pour s'installer sur le tapis.

Suzanne réussit à s'asseoir la première. Julia et Rosie s'installent à sa gauche, et j'aperçois Suzanne tirer la main de Mathilde pour l'inviter à s'asseoir à sa droite. Moi, je reste derrière, leurs dos formant un mur devant moi. Je finis par m'écraser, toute seule, dans un coin.

C'est au tour de Guillaume et il tient son gage caché dans ses mains.

— C'est un jouet?

De la tête, Guillaume fait signe que non.

— Est-ce que c'est vivant?

Guillaume frétille des sourcils et acquiesce, en secouant vivement la tête, provoquant un murmure d'énervement dans la classe. Quand c'était à mon tour pour la période forum, les élèves étaient tout aussi énervés. Maintenant, je ne suis pas certaine qu'ils le seront encore.

Tandis que tout le monde observe Guillaume, Suzanne donne un caramel à Julia et à Rosie, puis elle se tord le cou pour me regarder. Nos yeux se croisent, durant une seconde. Finalement, elle se retourne. Pas de caramel pour moi.

Elle offre alors un caramel à Mathilde, qui refuse d'un signe de tête. Je m'attends à ce qu'elle se retourne vers moi, mais non.

J'ai pensé à Mathilde toute la fin de semaine, mais je n'ai pas osé lui téléphoner. Elle me manque.

Guillaume finit enfin par montrer son gage : c'est un faux œil pris dans la glace d'un faux cube de glace.

— C'est pour mettre dans le verre de quelqu'un! s'exclame Guillaume, tout content.

Les jumeaux huent, Suzanne et Bénédicte poussent des cris, et les autres éclatent de rire.

Les oreilles pleines de l'écho de ces éclats de rire, je me mets à jouer avec mes lacets en forme de ressort. *Douing. Douing. Douing.* Et je compte le nombre de trous dans lesquels ils sont enfilés.

Subitement, je sens une drôle de sensation le long de ma colonne vertébrale. Je relève les yeux. Tout le monde me regarde.

— J'ai dit, à ton tour Marion! tonne la voix grave de M. Arnaud, dans mon dos.

Julia et Bénédicte se mettent à ricaner.

— Je... Je n'ai... Je n'ai rien apporté, dis-je, la gorge serrée.

— Tu connais la règle, Marion. Il s'agit d'échanger soit à propos d'un objet, d'un événement ou d'une réflexion.

Je hoche la tête, en me mordant les lèvres, puis

je me lève lentement et fais face à la classe. À mes pieds, les élèves gigotent comme des vers, tandis que Suzanne et Julia se chuchotent des cachotteries. Je reste là, figée sur place, comme l'œil de Guillaume dans son cube de glace.

Pourquoi ne nous parles-tu pas des *Misérables?* propose M. Arnaud.

— Yeurk! On ne va pas encore parler de cette stupidité! gémit Guillaume, à voix haute.

Plus personne n'a envie d'entendre parler des *Misérables*, me dis-je, la gorge serrée.

— Guillaume, si tu as quelque chose à dire, lève la main, intervient M. Arnaud.

Je serre les lèvres. M. Arnaud ne m'aime plus, lui non plus. Il n'a même pas grondé Guillaume parce qu'il a dit que ma pièce était stupide. J'ai les mains froides.

— As-tu eu une répétition en fin de semaine? demande M. Arnaud.

J'acquiesce d'un coup de tête.

— Et alors?...

Je regarde par la fenêtre et j'aperçois trois grosses corneilles perchées sur un fil électrique.

Elles me fixent, elles aussi.

— Marion?

Je regarde M. Arnaud et je soupire.

— Hier, à ma répétition...

À peine ai-je commencé à parler que j'aperçois Suzanne passer un autre caramel à Julia. Quant à Mathilde, elle garde la tête basse. Je ne peux même pas apercevoir ses yeux.

— Raynald Roy m'a dit...

À ces mots, Mathilde relève la tête et me regarde droit dans les yeux. Ses lèvres sont si serrées qu'elles on l'air plissées.

— Raynald Roy m'a dit...

Les yeux de Mathilde se rétrécissent, et je ravale ma salive. Je sais ce que je dois dire, mais je me demande si je vais y arriver. Je prends une rapide inspiration et je plonge.

— Enfin, ce que je veux dire c'est que Raynald Roy nous a dit... à moi et aux autres membres du chœur...

Les yeux de Mathilde s'agrandissent.

— Il nous a dit que nous avions besoin de répéter davantage, alors nous avons eu une autre répétition hier soir.

Sur le tapis, le gigotement cesse et les lèvres de Mathilde se décrispent.

— Est-ce que ça t'a aidée? demande Julia.

— Pas vraiment, dis-je. Pendant que j'étais sur scène, M. Hoffmann m'a grondée devant tout le monde parce que je tirais sur ma jupe.

Je sens ma gorge se serrer et je jette un coup d'œil à Mathilde, avant de continuer.

— Je... Je me suis mise à... J'ai dû quitter la répétition et rentrer à la maison.

Guillaume pousse son voisin du coude et les deux garçons pouffent de rire. Julia et Rosie échangent un coup d'œil et se mettent à me fixer du regard. Suzanne roule ses yeux, tout comme M. Hoffmann. Mathilde, elle, commence par écarquiller les yeux et ouvre grand la bouche, puis ses sourcils se mettent en accents circonflexes et elle bouge les lèvres. Quant à M. Arnaud, je n'ose même pas le regarder.

Je reste plantée là, un bon moment, mais personne ne me pose de question.

— Merci Marion, dit M. Arnaud. Tu peux te

rasseoir maintenant.

Quand la période forum est enfin terminée, M. Arnaud nous annonce que nous allons avoir une autre pratique... enfin, une répétition. J'ai juste envie de rentrer à la maison. Pas d'une autre répétition. Les répétitions à répétition commencent à me donner la nausée.

J'attends que la file d'élèves ait presque quitté la classe avant de me glisser au dernier rang. Je traîne les pieds, *swish... swish... swish...*, jusqu'au gymnase. Au moment d'entrer, M. Arnaud pose sa main sur mon épaule.

— Marion, est-ce que je pourrais te dire deux mots en privé?

J'acquiesce d'un signe de tête et je ravale ma salive. M. Arnaud glisse la tête dans l'entrebâillement de la porte pour donner ses directives aux élèves, puis il laisse la porte se refermer. Nous nous retrouvons tous deux seuls, au milieu du grand corridor vide. Ai-je encore une chance d'être autorisée à jouer dans la pièce? me dis-je, en tripotant l'ourlet de mon chandail.

Je lève les yeux vers M. Arnaud. Il ne sourit pas,

mais il n'a pas l'air en colère non plus.

— Marion... J'ai repensé à ce qui s'est produit lors de la répétition de vendredi dernier... commence M. Arnaud, d'une voix calme.

Je me tortille sur place.

— Je crois que tu devrais continuer à faire la mise en scène de notre pièce.

Ai-je bien entendu? me dis-je, en me raidissant.

— Je crois que je suis un peu responsable du fait que tu te sois mise à crier aux élèves. Metteure en scène, c'est une lourde responsabilité, et j'aurais dû t'aider davantage, poursuit M. Arnaud.

Je le regarde. Sa faute à lui? Mais non, il ne comprend rien! C'était ma faute à moi! Je le sais, mais je ne sais pas comment le lui dire.

— Marion, j'aimerais que tu essaies encore, mais, je veux que tu sois plus gentille avec tes camarades. Pense à ménager leur sensibilité.

J'acquiesce d'un signe de tête, le cou raide.

— C'est à toi de trouver le moyen de les aider, ajoute M. Arnaud.

Les aider? me dis-je, en regardant au-delà de son épaule. Mais comment?

— Prends Guillaume, par exemple. Juste à l'idée de jouer devant des adultes, ça le rend malade. Il a le trac.

— Guillaume? je laisse échapper.

— Oui, dit M. Arnaud. Il a besoin d'être encouragé, et tu es bien placée pour le faire.

Je n'arrive pas à croire que M. Arnaud est en train de me dire d'aider Guillaume.

— M... Mais... co... comment? dis-je, à peine capable d'articuler.

— Je suis certain que tu trouveras un moyen, répond-il, en souriant, tout en m'ouvrant la porte du gymnase.

J'entre. Toute la classe est en train de faire les exercices d'échauffement de la voix, exactement comme je leur ai montrés. J'essaie d'avaler, mais je n'y arrive pas. M. Arnaud me donne une seconde chance, mais je n'ai pas la moindre idée de ce que je vais faire.

Chapitre 12

Est-ce que je fais bien?

J e me tiens à côté de M. Arnaud et je les regarde faire. J'ai tellement chaud que je me demande si le concierge n'a pas haussé le chauffage. Quand ils ont fini, M. Arnaud me fait un petit signe de tête complice.

— Ce... C'était très bien, dis-je, d'une voix douce, tandis que les élèves se regardent les uns les autres.

— Tu n'as pas d'affaire à...

— Marion va continuer à assurer la mise en scène, annonce M. Arnaud, en interrompant Guillaume d'un ton sec.

J'entends quelques élèves marmonner, mais c'est Guillaume qui grogne le plus fort. Mathilde, elle, ne dit pas un mot. J'ai comme un trou dans l'estomac.

— Ça suffit, intervient M. Arnaud, en tapant dans ses mains. Marion apprend, tout comme vous. Allez, tout le monde en place! Reprenons là où nous avons laissé vendredi dernier. Et rappelez-vous, il ne nous reste que trois jours. Jeudi prochain, c'est notre première!

Tous les élèves de la classe se hâtent de retrouver leurs positions et Mathilde reprend son rôle de doublure, en prenant place au milieu de la scène.

— Action! dis-je, d'une voix mal assurée, tandis que M. Arnaud apporte deux chaises.

Nous nous assoyons tous les deux et la répétition commence. Suzanne saute deux répliques, Guillaume n'arrête pas de tirer sur son pantalon et les Grignotins passent leur temps à s'accrocher les uns les autres. Quant aux Singes Volants, ils sont pires que jamais. Ils ressemblent à des autruches; un groupe de grosses autruches maladroites.

Je me souviens de la manière dont M. Hoffmann m'a grondée, l'autre jour, lorsque j'ai agité la mauvaise main. Je ne l'avais pas fait exprès. Les Grignotins ne font pas exprès, eux non plus, de se tromper dans leurs mouvements. Et les Singes Volants n'ont pas l'intention d'avoir l'air de grosses autruches maladroites.

Je reste assise à balancer les pieds sous ma chaise jusqu'à ce que M. Arnaud annonce la fin de la répétition.

À ce moment, tout le monde saute en bas de la scène et vient se regrouper en demi-cercle, face à moi. Juste à voir leurs visages, je sais qu'ils savent qu'ils ont fait des erreurs.

J'ai la bouche toute sèche. Je passe la langue sur mes lèvres et je me lève. Tout le monde me regarde. Qu'est-ce que je dois faire? Tout à coup, je me mets à applaudir. *Tap... Tap... Tap...* Le bruit résonne, amplifié par l'écho du gymnase.

— Excellente répétition, dis-je.

Je me rassois et toute la bande d'élèves échange des regards surpris.

— Mais j'ai oublié une réplique! s'exclame Suzanne.

— J'ai remarqué, dis-je, en haussant les épaules. Mais demain tu ne l'oublieras pas.

Suzanne sourit.

— Julia m'a marché sur le pied! lance Rosie.

— J'ai vu. Mais c'était plutôt drôle. Demain, refais-le, dis-je à Julia.

Julia se met à ricaner, aussitôt imitée par quelques filles.

— Et nous? demandent Michel et François.

— Euh, j'ai bien aimé les grognements. Les Singes devraient même grogner davantage.

Aussitôt, les Singes se remettent à grogner, puis un des gars se met à aboyer. Bientôt, c'est toute la bande de singes qui aboie et tout le monde éclate de rire. Des singes aboyeurs! Je ne peux pas m'empêcher de rire, moi aussi. C'est tellement génial de pouvoir rire!

Maintenant, tout le monde sourit et a l'air détendu. Finalement, c'est peut-être possible de faire du théâtre et d'avoir du plaisir. Je regarde du côté de Mathilde et c'est elle qui a le plus grand sourire.

Je jette un coup d'œil à Guillaume, mais lui ne sourit pas. Il a les épaules affaissées. Comment l'aider? Tout à coup, ça me revient. Il y a un truc que M. Hoffmann disait toujours aux acteurs adultes quand ils étaient vraiment bons. Une expression très spéciale, en *vrai jargon de théâtre*. Je m'éclaircis la voix, puis je me lève et je braque mes yeux sur Guillaume.

— Guillaume, dis-je, d'une voix forte, pour l'obliger à me regarder. Guillaume, je suis certaine que lorsque nous allons jouer devant le public... tu vas *faire un malheur!*

Les yeux de Guillaume se plissent et ses joues deviennent toutes rouges. J'entends un petit ricanement qui se met à tourner et à s'amplifier jusqu'à ce le fou rire soit général. Mais de quoi rient-ils, me dis-je, en regardant tout le monde.

Subitement, Guillaume se lève.

— Comme ça, je vais faire un malheur, hein? hurle-t-il, en avançant vers moi. Eh bien, c'est à *toi* qu'il va arriver malheur! dit-il, en prenant son élan pour me lancer son poing à la figure.

— Hé! Hé! Hé! intervient M. Arnaud, en s'interposant juste à temps.

Il attrape Guillaume par les épaules et se penche vers lui pour lui parler.

Moi, je me laisse retomber sur ma chaise, en me disant que je viens encore de faire une gaffe.

— Guillaume Renaud! Peux-tu me dire ce qui te prend? lui demande M. Arnaud, sur un ton très mécontent.

— J'en ai assez qu'elle passe son temps à se moquer de moi, dit-il, d'une voix tremblante.

Jamais je n'ai vu Guillaume si misérable. Et moi, je me sens aussi malheureuse que lui. M. Arnaud comptait sur moi pour aider Guillaume et je n'ai fait qu'empirer la situation.

— Tu n'as pas bien compris ce que Marion t'a dit, continue M. Arnaud. Elle te faisait un compliment.

— Tout un compliment! réplique Guillaume.

Elle m'a dit que j'étais nul.

— Mais pas du tout. S'il te plaît, Marion, peux-tu expliquer ce que tu as dit?

Je lève les yeux vers M. Arnaud. Il a certainement compris que j'essayais de faire de mon mieux pour aider.

Je quitte ma chaise et je m'approche d'eux, mais pas trop près. Juste au cas où Guillaume n'apprécierait pas mon compliment.

— Faire un malheur, ça veut dire... être super, être extra.

Guillaume se tourne vers M. Arnaud.

— Tu peux me croire, dis-je, en insistant. Tu vas faire un malheur parce que tu es le personnage le plus drôle de la pièce. C'est pour ça que je t'ai choisi pour jouer l'Épouvantail.

— Pour vrai? souffle-t-il.

— C'est sûr! Je l'ai su dès que je t'ai vu à l'audition, dis-je, en souriant. Tu vas être super!

Un grand sourire illumine son visage. C'est la première fois que je le vois me sourire.

Les jumeaux se mettent à applaudir.

Guillaume fait une révérence, et se met à

marcher de son pas d'Épouvantail et à faire une série de pitreries, tout comme il avait fait lors des auditions. Tout le monde se met à applaudir, et moi aussi. Que c'est merveilleux de lui faire comprendre qu'il est doué! J'adore être une gentille metteure en scène.

Chapitre 13

De mieux en mieux

— Comme metteure en scène, on ne peut pas dire que tu aies été très bonne aujourd'hui, chuchote Mathilde, pendant que nous attendons en file à la cafétéria.

Je lui jette un coup d'œil, la bouche toute grande ouverte.

Un grand sourire apparaît sur son visage.

— Tu as été super!

Je lui rends son sourire et je la remercie, la gorge serrée.

— Toi... Euh... dis-je, en me mordant la lèvre. Tu as très bien chanté *Au-delà de l'arc-en-ciel* vendredi dernier.

— Merci beaucoup, mademoiselle la metteure en scène, réplique-t-elle, toute fière.

Je lui fais un petit sourire. C'est bon de se retrouver et de savoir que Mathilde est encore mon amie. Elle me reste fidèle, même si je lui ai fait une mesquinerie.

— Je veux que tu fasses un malheur, jeudi prochain...

Je comprends qu'elle utilise ma propre expression pour me faire un compliment, et je souris davantage.

— En fait, je veux que tu fasses un double malheur, poursuit Mathilde, parce que mon père a dit qu'il viendrait nous voir!

— Ton père? Mais il habite si loin!

— Je lui ai dit que j'étais un Grignotin et que c'était toi qui étais la vedette, continue-t-elle, les yeux humides de joie. Et il m'a dit qu'il allait faire tout son possible pour venir.

Wow! J'ai peine à croire ce qu'elle dit. Son père

va-t-il venir de si loin uniquement pour assister à une saynète de classe? Je n'y crois pas vraiment, mais je ne peux pas lui dire ça.

— Mathilde! Mais c'est super! lui dis-je.

— Notre pièce va être un bon spectacle, non? me demande-t-elle, un doute dans le regard.

— Sensationnel! dis-je, en mettant un bol de soupe sur mon plateau.

* * *

Le lendemain, M. Arnaud a une surprise pour nous. Il a emprunté de faux arbres à un théâtre, et nous avons maintenant une forêt sur scène.

Ensuite, à tour de rôle, nous peignons un château imaginaire que M. Arnaud a dessiné sur une sorte de papier mural. Dans *Les Misérables*, je n'ai jamais eu à peindre quoi que ce soit; décidément, notre pièce devient de plus en plus intéressante.

Beaucoup de parents veulent assister à la représentation. Même ma mère a décidé de prendre congé une partie de la matinée. Le public ne sera pas aussi nombreux que je l'avais souhaité. Tous les élèves de l'école ne sont pas invités; M. Arnaud a décidé que seules les troisième et deuxième années allaient venir voir notre spectacle.

Je suis un peu déçue, mais les autres ne le sont pas.

— Je n'ai pas envie de jouer devant trop de monde! murmure Suzanne.

— Ouais, ça fait trop peur! approuve Guillaume.

Je suis surprise qu'il ose avouer une telle chose devant tout le monde.

— C'est vrai que c'est mieux de jouer une pièce de théâtre devant un petit public, dis-je.

— Ah oui? demande Guillaume.

— Bien sûr, c'est plus... euh... c'est plus vrai, dis-je, en lui adressant un sourire.

Il lève la main bien haut et je lui tape dans la main, comme font les joueurs de basket. Lui, il est prêt.

La veille de la première, tout le monde apporte ce qu'ils ont trouvé en guise de costumes.

— Notre mère a fait des oreilles de fourrure et des queues pour tous les singes, annoncent les jumeaux. De vraies queues! ajoutent-ils, avec un air comique.

— Ma mère a envoyé du vrai maquillage! lance Rosie.

Aussitôt, les filles de la classe s'attroupent autour d'elle, et les gars se cachent sous leurs pupitres jusqu'à ce que M. Arnaud les oblige à sortir de là.

— J'ai une surprise pour les Grignotins! annonce Mme Larouche, d'une voix aigrelette, en entrant dans la classe.

D'un grand sac, elle sort une brassée de bérets de toutes les couleurs. Il y en a un pour chaque Grignotin. Ils sont franchement jolis. Celui de Mathilde est rouge et elle en est toute fière.

— Mon père m'a donné ses vieux vêtements de travail! explique Guillaume, en étalant une chemise à carreaux et une paire de salopettes par terre.

— Regarde! Regarde! fait Julia, en jetant de la vraie paille sur les vêtements.

Guillaume prend une poignée de paille et commence à bourrer ses vêtements.

— Aïe, aïe, aïe! Ça pique! s'écrie-t-il, en sautant comme une puce.

Bientôt, ce sont tous les élèves de la classe, qui se grattent en gigotant comme des p'tits fous.

— Attendez de voir ce que j'ai apporté! s'écrie Julia, en posant une boîte sur son pupitre.

Tout le monde s'approche, et Julia ouvre la boîte.

— Oooh!

— Ahhh!

Même les garçons sont impressionnés.

Des chaussures écarlates! Plus vraies que vrai! La sœur de Julia nous a prêté des chaussures couvertes de bijoux rouges qui brillent comme des miroirs. Elles sont trop grandes, mais elle a également envoyé du papier de soie pour bourrer le bout.

Je laisse Mathilde les essayer.

— Oh, elles sont fantastiques! dit-elle, pâmée.

Je l'imagine en train de chanter sur scène avec ces chaussures, et j'ai un drôle de pincement à l'estomac. Lorsqu'elle les retire, je me sens soulagée.

Notre première est prévue pour demain matin et je me dis que je vais avoir de la difficulté à attendre jusque là.

Chapitre 14

On a le trac?

Tout de suite après les annonces du matin, Mme Larouche vient chercher les filles de la classe pour les amener dans les loges pour se maquiller et mettre leurs costumes. Les loges sont installées dans les coulisses, juste à côté de la scène, pour que personne ne puisse nous voir avant le lever du rideau.

— Au vrai théâtre, c'est ainsi qu'on fait les choses, nous dit M. Arnaud.

Tandis que je l'approuve d'un hochement de tête, M. Arnaud se charge d'amener les garçons jusqu'à leurs loges.

— D'abord le maquillage! D'abord le maquillage! chantonne Mme Larouche, qui a l'air plus excitée que nous.

Mme Larouche nous aide à appliquer notre fond de teint et notre rouge à lèvres. C'est vraiment une habile maquilleuse, et elle arrive à créer un personnage de sorcière de l'Ouest qui donne froid dans le dos.

Le ton de nos voix monte de plus en plus. Suzanne et Bénédicte sont tellement excitées qu'elles tournent en rond comme des mouches. Elles se cognent contre les autres filles et poussent de petits cris. Je me sens comme une bille à l'intérieur d'une machine à boules.

Je ramasse mon costume et je passe mes doigts sur les chaussures écarlates. Mon estomac se met à gargouiller.

Je cherche Mathilde, mais je ne la trouve pas. Je regarde dans le passage qui relie les loges, elle n'est pas là non plus. Je grimpe le petit escalier qui mène à la scène et, là, je l'aperçois. Son costume sur le bras, elle est en train de scruter la salle par la fente du grand rideau.

— Mathilde! Tu n'as pas le droit de faire ça! dis-je, dans un chuchotement retenu, mais autoritaire.

Elle sursaute et se redresse. Ses yeux brillent comme des étoiles.

— Il est là! Il est là! Il est là! s'exclame-t-elle.

Elle se met à danser sur scène et se heurte à un arbre du décor.

Je m'élance vers l'entrebâillement du rideau et regarde dans la salle. J'aperçois le père de Mathilde, en train de discuter avec le directeur de l'école. D'autres parents sont arrivés et commencent à s'installer sur les chaises que le concierge a installées pour le public.

— Il a déjà choisi sa place, me souffle Mathilde à l'oreille.

Elle a cessé de danser pour venir me rejoindre près du rideau.

— Tu vois la caméra vidéo sur cette chaise au premier rang?

J'acquiesce d'un signe de tête.

— C'est la sienne! Il nous filme toujours lors d'événements spéciaux!

Mathilde commence à fredonner *Au-delà de l'arc-en-ciel*. Elle est tellement excitée que j'ai l'impression qu'elle va éclater, comme une bulle de savon.

Je regarde de nouveau par la fente du rideau et j'aperçois, posé à côté de la caméra vidéo, un bouquet de fleurs jaunes. Des fleurs? Ohhh! Elles doivent être pour Mathilde. Mon estomac chavire.

Un film et des fleurs pour un Grignotin? Il y a quelque chose qui cloche, me dis-je.

Je referme le rideau et, brusquement, je me plie en deux.

— Ouch! fais-je, en me tenant l'estomac.

— Marion? fait Mathilde d'une voix inquiète, mais pas assez inquiète à mon goût.

Je laisse tomber mon costume et les chaussures écarlates. Je me tiens l'estomac à deux mains et je gémis plus fort.

— Ooouuuch!

— Marion! Qu'est-ce qui se passe?

— Oh je me sens mal, Mathilde! Je suis malade!

Chapitre 15

Que le spectacle continue!

— **Q**uoi? Mais tu ne peux pas être malade! Tu es Dorothée. Nous avons besoin de toi. Mon père a fait un long voyage pour te voir!

Je lève les yeux vers Mathilde. Son visage est tout pâle et elle a l'air terrorisée.

— Je ne peux pas jouer Dorothée, dis-je, en gémissant. Je suis trop malade.

— Oh non! Je vais aller chercher M. Arnaud, réagit Mathilde, en battant en retraite.

— Non, non, dis-je, d'une voix faible. Nous n'avons pas le temps. Mets mon costume, Mathilde. C'est toi qui va jouer Dorothée.

— Moi? s'exclame-t-elle, en criant presque.

— Les filles! Qu'est-ce qui se passe là-haut? tonne la voix de M. Arnaud.

Je me cramponne à mon estomac sans oser lever les yeux.

— Marion est malade, M. Arnaud! Très, très, malade!

— Tu es malade Marion? demande M. Arnaud, en venant nous rejoindre sur scène.

Toujours pliée en deux, je vois ses chaussures noires, juste sous mes yeux. Sans dire un mot, j'acquiesce d'un signe de tête, puis je sens une main sur mon front.

— Tu n'as pas de fièvre... Il y a deux minutes, tu allais bien. Qu'est-ce qui se passe?

— Je... C'est juste...

— Elle a regardé dans la salle, elle a aperçu mon père, puis elle s'est mise à être malade! explique Mathilde, la voix haut perchée, comme celle de Mme Larouche.

— Calme-toi Mathilde. Qu'est-ce que c'est que cette histoire à propos de ton père? demande M. Arnaud.

— Il a fait quatre heures de route pour venir nous voir!

— Et il est là?

Dans le silence qui suit, je devine que M. Arnaud scrute la salle par l'entrebâillement du rideau de scène.

— Humm... Je n'aurais jamais cru que tu puisses avoir le trac, Marion, grogne M. Arnaud.

Je serre les dents et je ne réplique pas.

— Maintenant que fait-on? murmure M. Arnaud, comme s'il me demandait mon avis.

— Mathilde va jouer le rôle de Dorothée, dis-je, dans un souffle.

— Je... Je ne serai jamais capable! s'exclame Mathilde, terrorisée.

— Bien sûr que tu vas être capable, Mathilde, dis-je, en me redressant et en la regardant droit dans les yeux. Tu connais la pièce mieux que tout le monde et tu chantes... Eh oui... Tu chantes mieux que n'importe qui. Tu seras une superbe Dorothée.

— Tu crois?

J'acquiesce d'un signe de tête solennel, puis, je m'empoigne à nouveau l'estomac. Je jette un coup d'œil vers M. Arnaud qui m'observe.

Les yeux fixés sur le plancher. Je vois mon costume et mes chaussures qui brillent. Je me retiens à deux mains pour ne pas les ramasser et les garder pour toujours.

Brusquement, M. Arnaud se décide. Il prend d'abord une chaussure, puis l'autre. Ensuite, il ramasse mon costume et le secoue pour enlever la poussière.

— Tu ferais bien de te hâter d'enfiler ça, Mathilde. Nous avons tous besoin de toi. Je compte sur toi pour sauver notre spectacle.

— Oh, oh, oh... dit Mathilde. Je... Marion, je...

— Dépêche-toi, dis-je, en ressortant ma voix grave de metteure en scène.

Je lui arrache son costume de Grignotin des mains et, M. Arnaud lui met le costume de Dorothée dans les bras, les chaussures écarlates sur la pile de vêtements.

— Je vais faire mon possible... Pour toi,

Marion, murmure-t-elle.

Mon estomac se serre de nouveau, tandis que je regarde Mathilde s'éloigner, en traversant la scène en courant.

— Allez, fais un malheur! Je sais que tu en es capable! lui dis-je, pendant qu'elle dévale les marches de l'escalier deux par deux, en tenant son costume et ses chaussures bien serrés contre son cœur.

De mon côté, je reste là, à me balancer sur un pied puis sur l'autre, en pressant le costume de Grignotin sur mon estomac. Adieu les chaussures écarlates, me dis-je, la gorge serrée. Le bruit du public qui envahit le gymnase filtre à travers le lourd rideau de scène. Les rires et les conversations animées me rappellent que le spectacle va bientôt commencer.

J'attends que M. Arnaud dise quelque chose, mais il reste planté là. Qu'est-ce que je dois faire, maintenant? Comme je suis sensée être malade, je suppose que je devrais rentrer à la maison, me dis-je, en baissant les épaules. Dire que je ne pourrai même pas voir Mathilde devenir la vedette du spectacle! Ma gorge se serre davantage et mes yeux se mettent à piquer. Ouais, la vedette du spectacle...

Je sens une main sur mon épaule. C'est M. Arnaud.

— Hé bien, si tu es si malade, tu ne peux pas vraiment remplacer Mathilde dans son rôle de Grignotin.

Je me contente de secouer la tête. Je n'arrive toujours pas à le regarder dans les yeux. Est-ce qu'il m'en veut d'avoir laissé tomber les autres?

— D'habitude, le metteure en scène s'assoit au premier rang, juste à côté du producteur. Et je crois que notre metteure en scène mérite une place d'honneur, dit-il. Je crois même que c'est elle qui devrait faire la présentation de la pièce au public, ajoute M. Arnaud.

Ai-je bien entendu?

— Et la mère de notre metteure en scène souhaitera peut-être s'asseoir à côté d'elle... Surtout lorsqu'elle saura ce que tu viens de faire pour Mathilde.

Lentement, je relève la tête et je regarde

M. Arnaud. Il sait que je ne suis pas malade. Et il ne m'en veut pas. J'ai la gorge serrée, comme si j'essayais d'avaler un gros caillou.

— Je voulais vraiment jouer le rôle de Dorothée, dis-je, comme si j'avais du gravier dans la voix.

Une larme se met à couler le long de ma joue.

— Ça, j'en suis sûr, Marion, répond M. Arnaud, d'une voix douce. Mais il te reste *Les Misérables*, ajoute-t-il, avec un petit sourire. Au moins j'aurai le plaisir de te voir jouer sur scène. La première est prévue pour quand?

— Dans deux semaines, dis-je, en reniflant.

J'essuie ma joue et, pendant une seconde ou deux, je jette un long regard à la forêt qui nous entoure.

— Vous savez, hier soir, M. Hoffmann nous a fait des excuses.

— Eh bien, je suis heureux d'entendre ça, réplique M. Arnaud, en hochant la tête.

— M. Hoffmann nous a expliqué qu'il lui arrivait d'oublier que nous sommes des enfants. Il nous a promis que, jusqu'à la fin des répétitions, il essaierait de s'en rappeler.

M. Arnaud hoche encore la tête, sans dire un mot. De l'autre côté du rideau, le brouhaha vient d'augmenter. Les élèves des autres classes commencent à arriver.

— Je ne sais pas si je vais rester dans *Les Misérables*, dis-je, en serrant bien fort le costume de Grignotin contre ma poitrine. Ce n'est vraiment pas très drôle, vous savez.

— Hum, um... grogne M. Arnaud, l'air déçu. Je peux comprendre.

Puis il s'accroupit pour amener son regard à la hauteur du mien.

— Tu sais, Marion, c'est très difficile de jouer dans une pièce de théâtre professionnel. Ça n'a rien à voir avec un spectacle de classe. C'est une chose que la plupart des enfants ne peuvent pas faire.

— Et vous pensez que je ne suis pas capable?

— Je n'ai jamais dit ça, Marion, réplique-t-il, en souriant légèrement.

Je regarde M. Arnaud, puis je hoche la tête d'un air décidé. Je sais que je peux le faire et que je peux aussi apprendre à devenir metteure en scène, une bonne.

— M. Arnaud, dis-je. Je suis capable. Je vais aller jusqu'au bout.

—C'est une excellente décision! dit-il, en posant encore une fois sa main sur mon épaule. Maintenant, nous ferions bien d'aller rejoindre les autres.

Nous traversons lentement la scène et, une fois arrivés au haut de l'escalier, il s'arrête, puis baisse les yeux vers moi.

— Il faut quand même que je te dise... Ton vrai point fort, ce n'est pas la mise en scène...

— Ah non? dis-je, l'air mal à l'aise. Et c'est quoi mon vrai point fort?

M. Arnaud me regarde droit dans les yeux et se met à sourire de toutes ses dents.

— Ton vrai point fort, Marion, c'est l'amitié. Comme amie, on ne fait pas mieux. Là, tu es vraiment championne!

J'imagine Mathilde, en train de saluer le public qui l'applaudit à tout rompre. Un grand sourire éclaire mon visage et je me sens resplendissante, comme une vraie grande star.

Subitement, le murmure du public gagne en

intensité et envahit toute la scène. M. Arnaud lève son coude et je glisse mon bras sous le sien. Bras dessus, bras dessous, nous nous apprêtons à descendre le petit escalier qui mène aux loges lorsque je m'arrête brusquement. Je prends une longue inspiration, puis, de ma plus belle voix grave de metteure en scène, je lance bien fort :

— Que le spectacle commence!

Table des matières

À titre de conteuse professionnelle, **Cathy Miyata** donne des spectacles non seulement sur les scènes ontariennes, mais dans le monde entier. Elle adore les histoires et elle en écrit depuis qu'elle est toute jeune. Elle a pris l'habitude de transcrire dans un cahier spécial — son « Ho, ho, journal » — toutes les bizarreries qui lui arrivent, et elle s'en sert abondamment dans son travail.

Cathy et sa famille vivent à Burlington, en Ontario. Ce livre est son premier roman.

Dans la même collection :